W9-BGG-186

Santillana

Original title
Frog and Toad all together
translation by Pablo Lizcano

Santillana USA Publishing Co., Inc.
2105 N.W. 86th Av.
Miami, FL. 33122

Printed in the United States of America
ISBN: 84-204-3047-1

Sapo y Sepo, inseparables

por Arnold Lobel

Santillana

Para Barbara Dicks

INDICE

Una lista

Una mañana Sepo se sentó en la cama.
"Tengo muchas cosas que hacer", dijo.
"Las escribiré todas
en una lista
para que no se me olviden."
Sepo escribió en una hoja de papel:

Lista de cosas para hacer hoy

Luego escribió:

Despertarse

“Ya lo he hecho”, dijo Sepo,

y lo tachó:

~~Despertarse~~

Después, Sepo escribió otras cosas en el papel.

Lista
de cosas para
hacer hoy

~~Despertarse~~
Desayunar
Vestirse
Ir a casa de Sapo
Dar un paseo con Sapo
Almorzar
Siesta
Jugar con Sapo
Cenar
Dormir

“Eso es”, dijo Sepo.

“Ahora ya tengo

apuntado el día entero.”

Se levantó de la cama

y comió algo.

Luego Sepo tachó:

~~Desayunar~~

Sepo sacó su ropa del armario
y se la puso.
Y entonces tachó:

~~Vestirse~~

Sepo se metió la lista en el bolsillo.

Abrió la puerta

y salió a disfrutar de la mañana.

En seguida Sepo llegó a casa de Sapo.

Sacó la lista del bolsillo

y tachó:

~~*Ir a casa de Sapo*~~

Sepo llamó a la puerta.

“Hola”, dijo Sapo.

“Mira la lista

de cosas que tengo que hacer”,

dijo Sepo.

“Oh”, dijo Sapo,

“es estupendo”.

Sepo dijo: “La lista dice

que iremos

a dar un paseo.

“Muy bien”, dijo Sapo.

“Estoy listo.”

Sapo y Sepo se fueron
a dar un largo paseo.
Entonces Sepo volvió a sacar
la lista de un bolsillo.
Y tachó:

~~Dar un paseo con Sapo~~

En ese momento empezó a soplar
un fuerte viento.
Arrancó la lista
de las manos de Sepo.
La lista voló
por el aire.

"¡Socorro!", exclamó Sepo.

"Se me vuela la lista.

¿Qué voy a hacer sin ella?"

“¡Aprisa!”, dijo Sapo.

“Corramos a cogerla.”

“¡No!”, gritó Sepo.

“Eso no puedo hacerlo.”

“¿Por qué no?”, preguntó Sapo.

“Porque”, se lamentó Sepo,

“perseguir la lista

no es una de las cosas

que tengo escritas

en mi lista de cosas para hacer hoy”.

Sapo corrió tras la lista.

Corrió por charcos y colinas

pero la lista volaba y volaba.

Por fin, Sapo volvió con Sepo.

"Lo siento", dijo Sapo jadeante,

"pero no he podido atrapar

la lista".

"Bah", dijo Sepo,

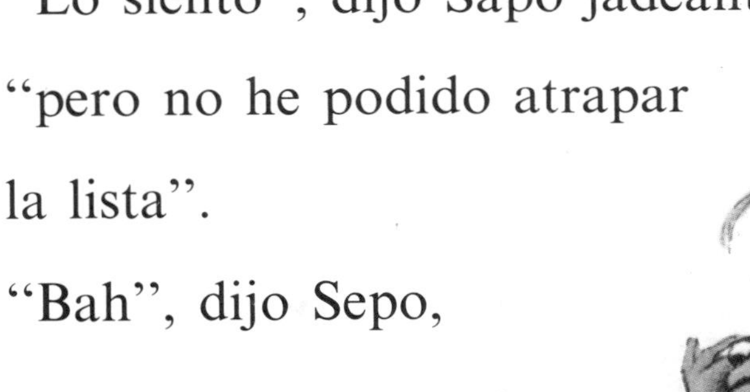

“no me acuerdo de ninguna de las cosas
que había en mi lista de cosas
para hacer hoy.
Tendré que sentarme aquí
sin hacer nada”, dijo Sepo.

Sepo se sentó y no hizo nada.
Sapo se sentó a su lado.
Después de un largo rato, Sapo dijo:
“Sepo, está oscureciendo.
Deberíamos irnos ya a dormir.”

"¡Dormir!", exclamó Sepo. "¡Esa era la última cosa de mi lista!"
Sepo escribió en el suelo
con un palo:

Dormir

Y entonces tachó:

~~*Dormir*~~

"Eso es", dijo Sepo.
"¡Ahora ya he tachado
todo el día!"
"¡Qué alegría!", dijo Sapo.
Entonces
Sapo y Sepo
se fueron a dormir.

El jardín

Sapo estaba en su jardín.

Sepo pasaba por allí.

"¡Qué jardín tan bonito

tienes, Sapo!", dijo.

"Sí", dijo Sapo. "Es muy bonito,

pero da mucho trabajo."

"Me gustaría tener un jardín",

dijo Sepo.

"Toma estas semillas de flores.

Plántalas en la tierra", dijo Sapo.

“Y en seguida tendrás un jardín.”

“¿Pero cuándo?”, preguntó Sepo.

“Muy pronto”, dijo Sapo.

Sepo corrió a su casa.

Plantó las semillas.

"Ahora las semillas", dijo Sepo, "empiezan a crecer".

Sepo se puso a dar vueltas sin parar de un lado para otro.

Las semillas no crecían.

Sepo acercó la cabeza al suelo

y gritó:

"¡Eh, semillas, empezad a crecer!"

Sepo volvió a mirar al suelo.

Las semillas no crecían.

Sepo pegó la cabeza
al suelo y gritó con todas sus fuerzas:
"¡EH, SEMILLAS, EMPEZAD A CRECER!"
Sapo llegó corriendo por el camino.
"¿Qué es todo este ruido?", preguntó.
"Las semillas no me crecen", dijo Sepo.
"Gritas demasiado fuerte",
dijo Sapo. "Estas pobres semillas
tienen miedo de crecer."
"¿Tienen miedo de crecer mis semillas?",
preguntó Sepo.

“Pues, claro”, dijo Sapo.

“Déjalas solas unos cuantos días.

Deja que les dé el sol,

deja que les caiga la lluvia.

Pronto empezarán a crecer tus semillas.”

Aquella noche
Sepo se asomó a la ventana.
"¡Maldita sea!", dijo Sepo.
"Mis semillas
no han empezado a crecer todavía.
Debe darles miedo la oscuridad."

Sepo salió al jardín
con unas velas.
"Les leeré un cuento a las semillas",
dijo Sepo.
"Así no tendrán miedo."

Sepo leyó a sus semillas

un largo cuento.

Durante todo
el día siguiente
Sepo estuvo cantando
canciones a sus semillas.

Y durante todo el día
que siguió
Sepo estuvo leyendo
poesías a sus semillas.

Y durante todo el día
que siguió al siguiente
Sepo estuvo
tocando música
para sus semillas.

Sepo miró al suelo.

Todavía las semillas

no habían empezado a crecer.

“¡Qué haré!”, exclamó Sepo.

“¡Tienen que ser

las semillas más miedosas

del mundo!”

Entonces Sepo se sintió muy cansado

y se quedó dormido.

"Sepo, Sepo, despierta", dijo Sapo.

"¡Mira tu jardín!"

Sepo miró su jardín.

Del suelo brotaban

plantitas verdes.

“Por fin”, exclamó Sepo,

“mis semillas han perdido

el miedo a crecer”.

“Y ahora tú también tendrás

un bonito jardín”, dijo Sapo.

“Sí”, dijo Sepo,

“pero tenías razón, Sapo.

Da mucho trabajo”.

Las pastas

Sepo hizo unas pastas.

"¡Qué bien huelen estas pastas!",

dijo Sepo.

Se comió una.

"Y saben todavía mejor", dijo.

Sepo fue corriendo a casa de Sapo.

"Sapo, Sapo", gritó Sepo,

"prueba estas pastas

que he hecho yo".

Sapo se comió una pasta.

"¡Estas son las mejores pastas

que he comido en mi vida!", dijo Sapo.

Sapo y Sepo se comieron,

una tras otra, un montón de pastas.

"¿Sabes una cosa, Sepo?", dijo Sapo,

con la boca llena,

"yo creo que deberíamos parar de comer.

Nos vamos a poner malos".

“Tienes razón”, dijo Sepo.

“Vamos a comernos la última pasta,

y ya paramos.”

Sapo y Sepo se comieron

la última pasta.

Todavía quedaban en el plato

muchas pastas.

“Sapo”, dijo Sepo,

“vamos a comernos la última pasta,

y luego ya se terminó”.

Sapo y Sepo

se comieron la última pasta

“¡Tenemos que parar de comer!”,
exclamó Sepo mientras se comía otra pasta.
“Sí”, dijo Sapo, tomando otra,
“tenemos que tener fuerza de voluntad”.
“¿Qué es la fuerza de voluntad?”,
preguntó Sepo.

“Fuerza de voluntad es tratar en serio
de no hacer algo que de verdad
te apetece hacer”, dijo Sapo.
“Por ejemplo, ¿tratar de *no* comernos
todas estas pastas?”, preguntó Sepo.
“Eso es”, dijo Sapo.

Sapo metió las pastas en una caja.

“Bien”, dijo.

“Ya no comeremos

más pastas.”

“Pero la caja se puede abrir”,

dijo Sepo.

“Es verdad”, dijo Sapo.

Sapo ató la caja

con un cordel.

“Bueno”, dijo.

“Ya no comeremos

más pastas.”

“Pero podemos cortar el cordel

y abrir la caja”, dijo Sepo.

“Es verdad”, dijo Sapo.

Sapo cogió una escalera.

Puso la caja en lo alto de un estante.

“Ahí está”, dijo Sapo.

“Ya no comeremos

más pastas.”

"Pero podemos subir
por la escalera,
bajar la caja
del estante,
cortar el cordel
y abrir la caja".
dijo Sepo.
"Es verdad", dijo Sapo.
Sapo subió la escalera
y bajó la caja
del estante.

Cortó el cordel y abrió la caja.

Sapo sacó la caja al jardín.

A grito pelado exclamó:

"EH, PAJARITOS,

AQUI TENEIS PASTAS."

Vinieron pájaros de todas partes.

Cogieron las pastas

con el pico y se fueron volando.

"Ya no tenemos pastas que comer",

dijo Sepo con tristeza.

"Ni siquiera una."

"Sí", dijo Sapo,

"pero tenemos montones

y montones

de fuerza de voluntad".

"Te la puedes quedar toda, Sapo",

dijo Sepo.

"Yo me voy a casa

a hacer una tarta."

Dragones y gigantes

Sapo y Sepo
estaban leyendo juntos un libro.
“Los personajes de este libro
son valientes”, dijo Sepo.
“Luchan contra dragones y gigantes,
y nunca tienen miedo.”
“Yo no sé si nosotros seremos valientes”,
dijo Sapo.
Sapo y Sepo se miraron en un espejo.

“Parecemos valientes”, dijo Sapo.

“Sí, pero ¿lo somos?”,

preguntó Sepo.

Sapo y Sepo salieron de casa.
"Intentaremos escalar esta montaña",
dijo Sapo. "Así sabremos
si somos valientes."
Sapo fue dando saltos de roca en roca
y Sepo, sin aliento,
iba detrás siguiéndole.

Se encontraron con una cueva oscura.

De ella salió una enorme serpiente.

"Comidita fresca", dijo la serpiente

al ver a Sapo y Sepo.

Abrió su enorme boca.

De un salto, Sapo y Sepo

se echaron atrás.

Sepo se puso a temblar.

"¡No tengo miedo!", gritó.

Siguieron subiendo,

y escucharon un gran estruendo.

Una cascada de rocas enormes

se precipitaba montaña abajo.

“¡Es una avalancha!”, exclamó Sepo.

De un salto,

Sapo y Sepo

se echaron atrás.

Sapo estaba temblando.

"¡Yo no tengo miedo!", gritó.

Llegaron a la cima
de la montaña.
La sombra de un halcón
se cernió sobre ellos.
De un salto, Sapo y Sepo
se guarecieron bajo una roca.
El halcón desapareció volando.

"¡No tenemos miedo!",
gritaron al tiempo Sapo y Sepo.
A toda prisa, bajaron la montaña.
A toda prisa pasaron por delante
del lugar donde les sorprendió
la avalancha.
A toda prisa pasaron por delante
del lugar donde vieron la serpiente.
Hicieron corriendo todo el camino
hasta la casa de Sepo.

"Sapo, estoy muy contento de tener
un amigo tan valiente como tú",
dijo Sepo.
Se metió en la cama de un salto
y se cubrió la cabeza
con la colcha.
"Y yo estoy encantado de conocer
a una persona tan valiente como tú,
Sepo",
dijo Sapo.

De un salto se metió en el armario
y cerró la puerta.
Sepo se quedó en la cama,
y Sapo se quedó en el armario.

Allí se quedaron
durante mucho tiempo,
sintiéndose muy valientes.

El sueño

Sepo estaba dormido,

y tenía un sueño.

Estaba en un escenario,

y llevaba

un disfraz.

Sepo miró

en la oscuridad.

En el teatro

estaba sentado Sapo.

Una voz extraña dijo desde lejos:

"¡LES PRESENTAMOS
AL SAPO MAS GENIAL
DE TODO EL MUNDO!"

Sepo hizo una profunda inclinación.

Sapo pareció más pequeño

cuando gritó: "¡Hurra, Sepo!"

"AHORA SEPO

TOCARA EL PIANO

MAGNIFICAMENTE",

dijo la extraña voz.

Sepo tocó el piano,

sin saltarse una sola nota.

“Sapo”, exclamó Sepo:

“¿Tú puedes tocar el piano así?”

“No”, dijo Sapo.

A Sepo le pareció que Sapo

se hacía más y más pequeño.

"AHORA SEPO CAMINARA

POR UN ALAMBRE SUSPENDIDO

EN EL AIRE

SIN CAERSE", dijo la voz.

Sepo caminó por el alambre.

"Sapo", gritó Sepo:

"¿Puedes hacer tú esto?"

"No", musitó Sapo,

que parecía cada vez más pequeño.

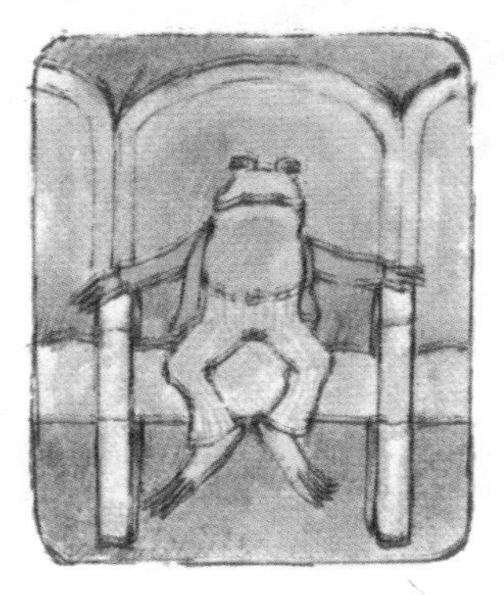

"AHORA SEPO BAILARA,

Y LO HARA MARAVILLOSAMENTE",

dijo la voz.

"Sapo, ¿puedes hacerlo
tú tan maravillosamente
como yo?", dijo Sepo
mientras bailaba por todo el escenario.
No hubo respuesta.
Sepo buscó con la mirada
por todo el teatro.
Sapo se había vuelto tan pequeño
que no se le podía ver ni oír.
"Sapo", dijo Sepo:
"¿dónde estás?".
Tampoco esta vez
hubo respuesta.
"Sapo, ¿qué te he hecho?"
gritó Sepo.

Entonces la voz anunció:

“AHORA EL SAPO MAS GENIAL...”

“¡Cállate!”, gritó Sepo.

“Sapo, Sapo, ¿dónde te has ido?”

Sepo estaba girando en la oscuridad.

“Vuelve, Sapo”, gritó.

“¡Estaré muy solo sin ti!”

“Estoy aquí”, dijo Sapo.

Sapo estaba de pie

junto a la cama de Sepo.

“Despierta, Sepo”, dijo.

“Sapo, ¿eres de verdad tú?”, dijo Sepo.

“Claro que soy yo”, dijo Sapo.

“¿Y eres tú

con tu verdadero tamaño?”.

"Sí, creo que sí",

dijo Sapo.

Sepo miró los rayos de sol

que entraban por la ventana.

"Sapo", dijo, "estoy tan contento

de que hayas vuelto".

"Yo siempre vuelvo", dijo Sapo.

Entonces Sapo y Sepo

se tomaron un gran desayuno.

Y después

pasaron juntos un precioso y largo día.

ARNOLD LOBEL

Arnold Lobel nació en Los Angeles, California. De niño se trasladó a Nueva York, donde todavía vive. Su mujer es también ilustradora de literatura infantil. Los Lobel son padres de dos niños, Adrianne y Adam.

Con sus «Historias de ratones» y la serie de «Sapo y Sepo», Arnold Lobel se ha convertido en un clásico de la literatura infantil norteamericana. Este primer libro de la serie recibió el importante premio Caldecott.